OS PRIVILÉGIOS

COLEÇÃO CONTRAPARTE I

Dirigida por Jerusa Pires Ferreira

STENDHAL

OS PRIVILÉGIOS
10 de abril de 1840

Tradução e prefácio
JERUSA PIRES FERREIRA

Ateliê Editorial

Título original em francês
Les Privilèges

Copyright © 2012 by Jerusa Pires Ferreira (tradução)

Direitos reservados e protegidos pela Lei 9.610 de 19.02.1998. É proibida a reprodução total ou parcial sem autorização, por escrito, da editora.

Dados Internacionais de Catalogação na Publicação (CIP)
(Câmara Brasileira do Livro, SP, Brasil)

Stendhal, 1783-1842.
    Os Privilégios / Stendhal; tradução e prefácio Jerusa Pires Ferreira. – Cotia, SP: Ateliê Editorial, 2012.

    ISBN 978-85-7480-591-7
    Título original: *Les Privilèges*.

    1. Ensaios franceses   I. Título.

12-06041   CDD-844

Índices para catálogo sistemático:
1. Ensaios: Literatura francesa   844

Direitos reservados à
ATELIÊ EDITORIAL
Estrada da Aldeia de Carapicuíba, 897
06709-300 – Cotia – SP – Brasil
Telefax: (11) 4612-9666
www.atelie.com.br
contato@atelie.com.br

Printed in Brazil   2012
Foi feito o depósito legal

SUMÁRIO

Prefácio
Jerusa Pires Ferreira
9

Os Privilégios
17

PREFÁCIO

Para Claude Filteau

De repente, encontramos um outro Stendhal. O livrinho *Les Privilèges* (Editions Payot & Rivages), com prefácio de Antoine de Baecque e uma bela capa, cai em minhas mãos e a leitura noturna se prepara. Acostumados a lidar com o lado dito realista do escritor, como *O Vermelho e o Negro*, *A Cartuxa de Parma*, ensinamentos que a editora Globo, de Porto Alegre, trouxe às nossas juventudes[1], e também aos seus textos sobre o amor ou às instigantes viagens italianas[2], nos espantamos em ra-

---

1. *O Vermelho e o Negro*, tradução de Souza Júnior e Casemiro Fernandes, Rio de Janeiro, Globo, 1987; *A Cartuxa de Parma*, tradução Vidal de Oliveira, Rio de Janeiro, Globo, 2004.
2. *Chroniques Italiennes*, Gilbert Lely (Dir.), Paris, Librairie Le François, 1946. (Col. "Les Phares").

zão das singularidades encontradas. À medida em que a leitura avança, percebe-se um texto inusitado que, concebido perto da morte do escritor, nos oferece razões que desafiam a lógica mais corrente e os saberes centrais que conduziram a literatura europeia. *Os Privilégios*, obra de grande importância na configuração de uma perspectiva mais ampla sobre o conjunto da criação do escritor, foram escritos em abril de 1840 e publicados vinte anos após sua morte.

Não será difícil localizar matrizes fáusticas, uma estranha pactuação, e perceber sua imersão num ambiente de razões mágicas que lhe vão permitir uma percepção lúcida e irônica do seu tempo, das derivas, como resposta à hipocrisia social que Honoré de Balzac soube tantas vezes descrever ou apenas evocar. Costumamos ler, em superfície, a tradição ocidental a partir de uma faceta do Renascimento, e até este conturbado século XIX, grande espaço de explosão romanesca, lugar dos comparativismos críticos e dos edifícios positivistas. Sabemos que os grandes pensadores renascentistas, detentores de uma contemplação da ciência e de um espírito racional e experimentalista, mantinham ao mesmo tempo a perscrutação mágica como fundamento e contraponto.

Muito tempo depois, razões não faltariam a Ferdinand de Saussure nos começos da linguística contemporânea para mergulhar no mágico e indescritível universo dos *Anagramas*. Nem ao músico Alexander Scriábin para nos propor no subtexto dos seus estudos e concertos uma essência perturbadora de magia ancestral e ao mesmo tempo futura. Ou a Fernando Pessoa que em sua racionalidade clássica de Ricardo Reis mergulha nas práticas orientais, oferecendo-nos em muitos momentos a interferência de suas crenças Rosa Cruz.

Ao ler estes fragmentos escritos por Henri-Marie Beyle, Stendhal (nascido em Grenoble em 1783 e morto em Paris em 1848, a partir de um ataque de apoplexia), pensamos em como fomos avançando por esta obra extraordinariamente diversa e detentora de grande unidade:

o autor é um grande texto em si mesmo, criador e protagonista. Passamos dos *Diários Íntimos* à extraordinária experiência da *Vie de Henry Brulard*[3]. Nas várias edições permanecem os desenhos do autor, numa espécie de espacialização autobiográfica. O jogo do esconder-se, do exibir-se, os álibis, ou as alusões que vão se tornando claras. Assim também a pioneira fabulação de *Armance*[4], novela tão precursora de Proust, que na edição brasileira nos oferece uma instigante carta a Prosper Mérimée.

No caso desses *Privilégios*, a princípio, nos espantamos acreditando estar mergulhados num delírio do escritor, espécie de surto que teria a ver com os elementos denunciantes so-

---

3. *Vie de Henry Brulard*, Paris, Éditions Gallimard, 1973. Prefácio e edição de Béatrice Didier. Sobre a incursão de Stenhdhal no campo da música, cf. Antonio Candido, *Tese e Antítese*, São Paulo, Editora Nacional, 1964.
4. *Armance*, tradução e prefácio de Leila Aguiar Costa, São Paulo, Estação Liberdade, 2003.

bre o seu tempo e relacionados aos impasses de sua biografia.

Depois, vamos recuperando todo um subsolo que aflora, aliás, em muitos escritores, em Shakespeare, no Dostoiévski do *Bobók*[5], a partir de Luciano de Samósata, no *Livro dos Mortos* e, afinal, proveniente de matrizes imaginárias, que inauguram vertentes profundas da literatura europeia. Ovídio, nas suas *Metamorfoses*, e o sempre presente *Asno de Ouro*, de Apuleio, que tem nos segmentos de transformação, nas práticas e uso dos unguentos, condições de oferecer em ritualizações próprias, uma outra organização do pensamento e da cultura que não a nossa mais corrente, o alumbramento de certas dimensões que às vezes nem pressentimos.

Quanto ao repertório do Fausto, poderemos passar a uma lenda cognata relacionada às histórias pactuantes do famoso doutor, a

---

5. Tradução brasileira de Paulo Bezerra, São Paulo, Editora 34, 2005.

do santo bruxo, São Cipriano, tão presente ainda hoje nos públicos populares de proveniência ibérica, e mesclados, por exemplo, às religiões africanas que vivem no Brasil. Nesses livros comparece a prática dos receituários, da solução para cada uma das questões propostas e que em *Les Privilèges* respondem por certas ironias e questionamentos referentes ao cotidiano, ao tempo e à imortalidade[6].

Lembramos então que os livros chamados *Inchiridions* ou *Os Grimórios*, receptáculos de sabedoria mágica, de grande circulação no universo europeu e francês, incorporados depois pelos simbolistas, teriam remetido a esta possibilidade aqui tomada por Stendhal como um desafio. Nele, e naquele momento, a tradição se alterna com a fantasia, como uma espécie de outra configuração do real, como a prática possível na contestação de valores sociais

---

6. Jerusa Pires Ferreira, *O Livro de São Cipriano: uma Legenda de Massas*, São Paulo, Perspectiva, 1992.

e pessoais constrangedores. Escapar do realismo pelo mundo desta fabulação ritualizada permitiria ao escritor a recuperação de uma espécie de magia difusa, ainda tão presente no seu tempo[7].

Ingressando no domínio dos sonhos, como nos diz Antoine de Baecque, "*Os Privilégios* constituem ainda o tempo de uma jornada, uma maneira de se furtar à escritura autobiográfica"[8].

Como nos lembra ainda esse autor, os artigos, sequências, segmentos, aparecem como "ditados pela voz de um Deus que o terá visitado no seu sono inquieto".

Encontramos aí numa atmosfera indefinida e onírica, uma espécie de luta contra o realismo, levando a ironia a este mundo oculto, estabelecendo pontes e referindo ao caráter de

---

7. Cf. Claudio Willer, *Um Obscuro Encanto: Gnose, Gnosticismo e a Poesia Moderna*, Rio de Janeiro, Civilização Brasileira, 2010.
8. *Les Privilèges*, ed. citada.

poetas que compartilharam este delírio stendhaliano[9].

Crença, sugestão ou apenas subterfúgio para vencer as armadilhas da morte que implacável se aproximava, no receio dos ataques de apoplexia, os pequenos textos de *Privilégios* são o desvendamento de toda uma vida e a abertura para tantos entendimento e mistérios.

JERUSA PIRES FERREIRA[10]

---

9. *Oeuvres Intimes*, Paris, Gallimard, vol. I (1981); vol. II (1982). Prefácio e Edição por V. del Litto e ainda referências trazidas pelo grande especialista Henri Martineau. Cf ainda *L'Œil Vivant*, de Jean Starobinski, Paris, Gallimard, 1961.
10. Professora, ensaísta e coordenadora do Centro de Estudos da Oralidade do COS/PUC-SP.

OS PRIVILÉGIOS
Em 10 de abril de 1840

God me dá o brevet seguinte:

ARTIGO PRIMEIRO

Nunca uma dor a sério, até uma velhice bem avançada; então nenhuma dor, porém, morte por apoplexia[1], no leito durante o sono, sem nenhuma dor moral ou física.

A cada ano não mais de três dias de indisposição. O corpo e o que dele sai, inodoro.

---

1. Sabe-se que Stendhal temia os ataques de apoplexia que ele acreditava capazes de matá-lo.

ARTIGO 2

Os milagres seguintes não serão percebidos nem suspeitados por ninguém.

ARTIGO 3

A *mentula*, como dedo indicador para a dureza e para o movimento, isto à vontade. A forma, duas polegadas a mais que o artigo, mesma espessura. Mas prazer pela mentula, somente duas vezes por semana.

Vinte vezes por ano, o privilegiado poderá transformar-se no ser que ele queira, contanto que este ser exista. Cem vezes por ano, ele saberá durante vinte quatro horas a língua que quiser.

ARTIGO 4

O privilegiado tendo um anel no dedo, fechando este anel na mão e olhando uma mulher, ela se torna apaixonada por ele, como vemos que Heloísa o foi por Abelardo. Se o anel estiver um pouco molhado de saliva, a mulher que se olha torna-se apenas uma amiga terna e devotada. Olhando uma mulher e tirando seu anel do dedo, os sentimentos inspirados em virtude dos privilégios precedentes cessam. O ódio se transforma em bem querer, olhando o ser odiento e esfregando um anel no dedo.

Esses milagres só podem acontecer quatro vezes no ano para o caso do amor-paixão; oito vezes para amizade; vinte vezes para cessação do ódio e cinquenta vezes para inspiração de um simples bem-querer.

ARTIGO 5

Belos cabelos, bela pele, excelentes dedos jamais esfolados. Odor suave e leve. O primeiro de fevereiro e o primeiro de junho de cada ano, as roupas do privilegiado se tornam como eram, na terceira vez que ele as vestiu.

ARTIGO 6

Milagres aos olhos de todos aqueles que não o conhecem. O privilegiado tomará a figura do general Debelle[1], morto em São Domingos, mas nenhuma imperfeição. Ele jogará *wisk*, o carteado, bilhar, xadrez, mas nunca poderá ganhar mais de cem francos. Ele vai atirar de pistola, montar a cavalo e exercitar as armas com perfeição.

---

1. Jean-François-Joseph Debelle, militar francês morto em São Domingos aos 35 anos, era conhecido por seus traços de beleza.

ARTIGO 7

Quatro vezes por ano, ele poderá se transformar no animal que escolher; e em seguida se retransformar em humano.

Quatro vezes ao ano poderá se transformar no homem que ele quiser; e mais concentrar sua vida na de um animal que, no caso de morte ou de impedimento do homem número um, no qual ele se transformou, poderá remetê-lo à forma natural do ser privilegiado.

Assim, o privilegiado poderá quatro vezes por ano e, por tempo ilimitado, a cada vez, ocupar dois corpos ao mesmo tempo.

ARTIGO 8

Quando o homem privilegiado puser sobre ele ou no dedo durante dois minutos um anel que ele teria guardado, por um instante, em sua boca, ele se tornará invulnerável pelo tempo que tiver designado. Terá dez vezes no ano a visão da águia e poderá fazer, correndo, cinco léguas numa hora.

ARTIGO 9

Todos os dias, às duas da manhã, o privilegiado encontrará em seu bolso uma moeda de ouro, mais o valor de quarenta francos em moeda corrente, em dinheiro do país em que ele se encontre. As somas que dele forem roubadas se encontrarão na noite seguinte às duas horas da manhã sobre uma mesa diante dele. Os assassinos, no momento de bater nele ou de envená-lo, terão um acesso de cólera agudo por oito dias. O privilegiado poderá abreviar essas dores dizendo: eu rezo para que os sofrimentos de um tal cessem ou se transformem numa dor menor.

Os ladrões serão tomados por um acesso de cólera agudo durante dois dias, no momento em que eles se lançarem a cometer o roubo.

ARTIGO 10

Na caça, oito vezes por ano, uma pequena bandeira indicará ao privilegiado, com uma légua de distância, a caça que vai existir e sua posição exata.

Um segundo antes que a caça parta, a pequena bandeira se iluminará; bem entendido que esta pequena bandeira será invisível a toda outra pessoa que não seja o privilegiado.

ARTIGO II

Uma bandeira semelhante indicará ao privilegiado as estátuas escondidas sob a terra, sob as águas e junto aos muros; que estátuas são essas, quando e por quem foram feitas, e o preço que se poderá obter por elas, uma vez descobertas. O privilegiado poderá trocar estas estátuas por uma bala de chumbo pesando um quarto de onça. Este milagre da bandeira e da mudança sucessiva em bala e em estátua só poderá ocorrer oito vezes por ano.

ARTIGO 12

O animal montado pelo privilegiado ou puxando o veículo que o leva não adoecerá jamais, nem cairá. O privilegiado poderá se unir a este animal, de modo a inspirar-lhe suas vontades e partilhar as suas sensações.

Assim, o privilegiado montando um cavalo se transformará com este em um só e lhe inspirará suas vontades. Unido assim ao privilegiado, o animal terá forças e um vigor triplo do que possui em seu estado comum.

O privilegiado transformado em mosca, por exemplo, e montado numa águia, formará um só com esta águia.

ARTIGO 13

O privilegiado não poderá furtar: se ele tentasse, seus órgãos lhe recusariam a ação. Ele poderá matar dez seres humanos por ano, mas nenhum ser com o qual ele tenha falado. No primeiro ano, poderia matar um ser, desde que não lhe tivesse dirigido a palavra em mais de duas ocasiões diferentes.

ARTIGO 14

Se o privilegiado quisesse contar ou revelasse um dos artigos de seu privilégio, sua boca não poderia formar nenhum som e ele teria dor de dentes durante vinte e quatro horas.

ARTIGO 15

O privilegiado tomando um anel no dedo e dizendo: eu rezo para que os insetos nocivos sejam aniquilados; todos os insetos, a seis metros do anel, em todos os sentidos, serão atingidos de morte. Estes insetos são pulgas, percevejos, piolhos de toda a espécie, lêndias, pernilongos, moscas, ratos etc.

As serpentes, víboras, leões, tigres, lobos e todos os animais malignos fugirão tomados pelo medo e se afastarão uma légua.

ARTIGO 16

Em todo lugar, depois de ter dito *rezo por minha alimentação*, o privilegiado encontrará: duas libras de pão, um bife cozido ao ponto, um quarto de cordeiro *idem*, um prato de espinafre *idem*, uma garrafa de São Julião, uma garrafa de água, uma fruta, um sorvete[1], e uma meia xícara de café. Essa prece será atendida duas vezes em vinte e quatro horas.

---

1. "Sorvete", em textos antigos, quer dizer o que se sorve, refresco.

ARTIGO 17

Dez vezes por ano, o solicitante, o privilegiado não faltará, nem a golpe de fuzil ou de pistola, nem de uma arma qualquer, ao objeto que ele queria atingir.

Dez vezes por ano, ele fabricará armas de força dobrada com que entrará em combate ou testará suas forças: mas não poderá gerar ferida que cause morte, dor ou mal-estar durante mais de cem horas.

ARTIGO 18

Dez vezes por ano, o privilegiado, o solicitante poderá diminuir três quartos da dor de um ser que ele encontrará; ou deste ser, a ponto de morrer, poderá prolongar a sua vida em dez dias, diminuindo em três quartos sua dor atual. Ele poderá, solicitando, obter para esse ser que sofre a morte súbita e sem dor.

ARTIGO 19

O privilegiado poderá transformar um cão numa mulher bela ou feia; esta mulher lhe dará o braço e terá o mesmo grau de espírito de madame Ancilla[1] e o coração de Mélanie[2]. Este milagre poderá se renovar vinte vezes a cada ano. O privilegiado poderá mudar um cão num homem que terá o físico de Pépin de Bellisle[3] e espírito de M. (Koreff)[4], o médico judeu.

1. Dama francesa cujo salão era frequentado por escritores, inclusive o próprio Stendhal.
2. Mulher por quem Stendhal foi apaixonado, figura de beleza clássica.
3. Trata-se de um amigo e vizinho do escritor morto precocemente em 1823.
4. Médico judeu muito popular e famoso por sua inteligência e artes da conversação.

ARTIGO 20

O privilegiado nunca será tão infeliz quanto o foi de 1º de agosto de 1839 a 1º de abril de 1840[1].

Duas vezes por ano, o privilegiado poderá reduzir seu sono a duas horas, que produzirão efeitos físicos de oito horas. Ele terá visão de um lince e a leveza de Debureau[2].

1. Stendhal teve por Giulia Ranieri nessa ocasião uma paixão atormentada.
2. Jean-Gaspard Debureau (1796-1846) foi um mímico francês, que atuou no Théâtre des Funambules. Em 1945, foi imortalizado no filme *As Crianças do Paraíso*, de Marcel Carné.

ARTIGO 21

Vinte vezes por ano, o privilegiado poderá adivinhar o pensamento de todas as pessoas que estão à sua volta, a vinte passos de distância. Cento e vinte vezes por ano, poderá ver o que faz atualmente a pessoa que ele quiser ver; exceção completa para o caso da mulher que ele amará ao máximo.

Ainda exceção para as ações sujas e desagradáveis.

ARTIGO 22

O privilegiado não poderá ganhar nenhum dinheiro para além dos seus sessenta francos por dia, por meio dos privilégios acima enunciados. Cento e cinquenta vezes por ano, ele poderá obter, solicitando que tal pessoa esqueça inteiramente, a ele, o privilegiado.

ARTIGO 23

Dez vezes por ano, o privilegiado poderá ser transportado ao lugar que quiser na razão de uma hora para cada cem léguas; durante o transporte, ele dormirá.

Título	Os Privilégios
Autor	Stendhal
Tradução	Jerusa Pires Ferreira
Editor	Plinio Martins Filho
Produção editorial	Aline Sato
Projeto gráfico	Tomás Martins
Capa	Fabiana Soares Vieira
Revisão	Plinio Martins Filho
Editoração eletrônica	Fabiana Soares Vieira
	Tomás Martins
Formato	11 × 18 cm
Tipologia	Trump Mediaeval LT
Papel	Pólen Bold 90 g/m² (miolo)
	Cartão Super 6 250 g/m² (capa)
Número de páginas	48
Impressão e acabamento	Prol Gráfica e Editora